小熊维尼故事全集

现在我们六岁了

[英]A.A.米尔恩 / 著　卢晓 / 译

北京联合出版公司
Beijing United Publishing Co.,Ltd.

图书在版编目（CIP）数据

现在我们六岁了 ／（英）米尔恩著 ；卢晓译. －－ 北京 ：北京联合出版公司，2015.4

（学生课外经典阅读. 小熊维尼故事全集）

ISBN 978-7-5502-4462-7

Ⅰ．①现… Ⅱ．①米… ②卢… Ⅲ．①儿童诗歌－诗集－英国－现代 Ⅳ．①I561.82

中国版本图书馆CIP数据核字(2015)第000937号

小熊维尼故事全集

现在我们六岁了

选题策划： 益博轩图书

作 者：[英] A.A.米尔恩

译 者：卢 晓

责任编辑：李艳芬 王巍

北京联合出版公司

（北京市西城区德外大街83号楼9层 100088）

北京富达印务有限公司印刷 新华书店经销

字数18千字 880毫米×1230毫米 1/16 8印张

2015年4月第1版 2015年4月第1次印刷

ISBN 978-7-5502-4462-7

定价：22.80元

关于作者

A.A.米尔恩（艾伦·亚历山大·米尔恩），1882年1月18日出生于伦敦，是英国著名剧作家、小说家、童话作家和儿童诗人。他毕业于英国剑桥大学，是英国达勒姆大学教授。曾在英国著名幽默杂志《笨拙》担任编辑，发表过许多小说、剧本和诗歌。

1920年他的儿子克里斯托弗·罗宾出生，他受儿子罗宾的玩具棕熊的启发而创作了让他赢得世界性声誉的儿童文学作品《小熊维尼》系列：童话故事《小熊维尼阿噗》（1926），《阿噗角的小屋》（1928）；儿童诗集《在我们很小的时候》（1924），《现在我们六岁了》（1927）。此外还有侦探小说《红房子的秘密》等。

《小熊维尼》系列图书出版后获得了极大成功，到1976年为止，这部书在英国已重版了七十多次。

迪士尼公司随后买下了《小熊维尼》的版权，推出卡通短片《小熊维尼历险记》，成为迪斯尼经典动画。之后，《小熊维尼》被译为30多种语言，风靡全球，成为不朽的幼儿文学经典，而作品中的小熊维尼和小猪皮吉、跳跳虎、驴子伊尔等动物朋友们，也成为儿童文学领域最耀眼的艺术形象。

　　1956年1月31日，米尔恩去世，享年74岁，他以其所著的经典儿童文学作品《小熊维尼》系列，成为享誉全球的伟大儿童文学作家。

致

与众不同的安妮·达灵顿

她今年七岁了！

序 言

　　当你朗诵诗歌的时候，有时候你会发现一件我们从未干过的事情——约翰叔叔从一开始就朝罗斯嚷，如果他找不到眼镜的话，那他就听不清楚，还追问她是否知道眼镜的下落。终于，当大家都停止眼镜大搜索的时候，你的朗诵也到了最后一节。紧接着，他们会说"太好了，非常感谢"。但实际上，他们根本不知道这首诗歌讲述了什么。于是，当你开始下一次朗诵的时候，你变得更细心有经验了。在你就要开始之前，你会故意大声地说："呃，嗯，嗯！"意思就是"准备好啦，我们就要开始了"。这样，大家就会安静下来注视着你。当然，这也正是你想要的效果。紧接着，你就可以以自己只是随随便便，不挑时间和地点就开始朗诵的样子开始了……这个样子有时候很好，有时候又不好……渐渐地，你会发现自己的嘴巴经常快过脑子。好了，我正写着的这一段，就是前言，也就是这本书的"呃，嗯，嗯！"环节，之所以要把它放在书的这个位置，一部分原因是不愿让你感到很惊讶，另一部分原因是没有这部分我就没法开始了。一些聪明的作者总说没有"呃，嗯，嗯！"也很容易开始，但我不认同这个观点。我觉得如果没有剩余的部分，那这本书会更轻松。

我要在前言里说的就是这些了。这本书我们写了快三年了，从我们很小的时候就开始写……现在我们六岁了。所以啊，有些东西看起来会很幼稚，就像是从某本书中不小心跑出来的。刚刚我们自己朗诵给自己听时，觉得某一页，先别管到底是哪一页了，就像是三岁时候的作品，于是我们说："这样啊，好啦，就这样吧。"接着快速地翻了过去。所以，我想告诉你，《现在我们六岁了》并不是说我们总是六岁这么大，而是说我们现在六岁了，我们也差不多停在那儿了。

A.A.米尔恩

附笔：阿噗委托我们告诉你，他觉得这是一本非同寻常的书。他也希望你不要介意，因为有一天啊，他打算从书中路过，去找他的好朋友小猪皮吉时，一不小心坐在了书中的某几页上了。

目录
Content

一个人的世界

无论我走到哪儿，我都有一座房子，

即使是在热闹拥挤的人群之中。

无论我走到哪儿，我都有一座房子，

却从没留下过任何踪迹。

无论我走到哪儿，我都有一座房子，

那里没有人说"我不同意"。

那里也没有人讲话——

因为那里除了我自己，再没有任何人。

约翰国王的圣诞节

约翰国王是个伪君子——

他最爱斤斤计较，

因为没有人愿意理他，

日子就这样一天天过去了。

人们走在镇子上，

如果偶尔遇到他，

送上的要么是横眉和白眼，

要么就是高高昂起的下巴——

约翰国王不知所措地站在那里，

皇冠下的面庞羞得通红。

约翰国王是个伪君子——

他没有真正的朋友。

每个下午他待在家里，

没有一个人来陪他喝茶。

不久就是十二月了，

那些放在书架上的贺卡，

那个祝福他圣诞快乐、祝愿第二年幸福的贺卡，

不是亲朋好友递来的，

而是他自己送给自己的。

约翰国王是个伪君子——

但是他也有希望与担忧。

一天又一天，一年又一年，

他却从来没有收到过礼物。

每当圣诞节来临，

街上游荡的诗人从年轻人那里收集颂词，

以备他们颂唱所需之时，

他也会悄悄地爬上阁楼，

满怀希望地挂好袜子。

约翰国王是个伪君子——

他总是独自一人。

当他爬上屋顶的时候，

孤独的他突然有了一个愿望。

他把愿望写下来，然后贴在烟囱上：

"致天下所有人，无论远近，一切安好。

特别是在圣诞节这天。"

但他没有署名"约翰内斯·劳",

而是卑微地署名"杰克"。

"我想要圣诞饼干,

还想要一些甜点;

我祈祷一大盒子的巧克力会从天而降;

要是有橘子,我也不会介意,

还有我喜欢的坚果。

也许我真正需要的是一把小刀,

一把可以切割的小刀。

哦!圣诞老人,如果你还有一点儿爱我,

就请送我一个大大的红色橡胶球吧!"

约翰国王是个伪君子——

他写好了愿望后,

沿着他的水管子滑了下来。

再次回到自己的小屋里,

彻夜未眠,

为自己的希望和不安祈祷着。

"我觉得圣诞老人现在肯定来了。"

(他紧张得浑身冒汗)

"他会给我一份礼物吧，毕竟——

我上一次收到圣诞礼物已经是很多年前的事情了。"

"忘记圣诞饼干吧，

也忘记甜点吧；

我想那一大盒子的巧克力也绝对不会有的。

我不喜欢橘子，

不喜欢坚果，

而我现在就有一个小刀可以用来切割。

但是，圣诞老人，

如果你曾经爱过我，

就请给我一个大大的红色橡胶球吧！"

约翰国王是个伪君子——

第二天的太阳照常升起，

向等待了很久的人们宣告，

圣诞节来了，

人们取下自己的袜子，

欣喜若狂地打开，

里面满是圣诞饼干，

还有玩具、游戏机，

连嘴角上都沾满了甜点。

约翰国王失望地说："如我所料，

我什么都没有！"

"我真的想要圣诞饼干，

我真的想要甜点；

我想那一大盒子的巧克力会从天而降。

我真的喜欢橘子，

我真的喜欢坚果。

我还没有一把小刀——

一把可以用来切割的小刀。

哦！

如果圣诞老人真的有那么一点儿爱我，

他就会送给我一个大大的红色橡胶球啊！"

约翰国王靠在窗边，

皱着眉头往下看，

一群快乐的孩子们在雪地里玩耍。

他看着下面站了一会儿，

羡慕所有的人。

这时，一大团红色的东西穿过窗户，

被他的皇家脑袋撞了一下，

弹到了床上，

原来是一个橡胶球！

哦！亲爱的圣诞老人啊！

你一定听到我的祈祷，

带给我一个大大的红色橡胶球！

忙碌

我觉得我是一名糕点师，但我却没有门铃，
也没有糕点师要卖的糕点之类的东西。

或者我是一名投递员。

不，我想我是一个电车轨道。

我觉得这太奇怪了，但我不清楚自己到底是什么——

只是
转啊转，

接着转啊转，

围着小桌子转个不停——

就是托儿所里那张小桌子——

转啊转，

接着转啊转，

我一直不停地转啊转。

我想我是一个旅行者，正在从一只小熊那里逃跑；

我想我是一只大象，

藏在另一只大象的后面，

还有一只大象藏在另一只不是真正在那儿的大象的

后面……

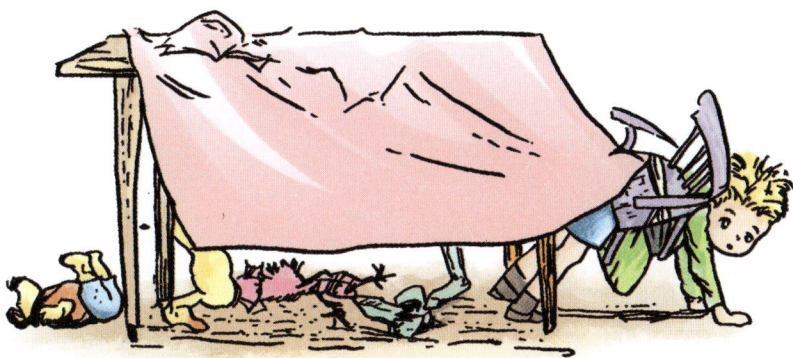

于是

转啊转，

接着转啊转，

又是转啊转，又是转啊转，

接着转啊转，

我一刻不停地转啊转。

我想我是一名售票员，

正在卖票——请买票。

我想我是一名医生，

正在治疗一位打喷嚏的小家伙。

或者我是一个保姆，

正在和婴儿车里的宝贝说悄悄话，

我知道这很滑稽，

但我不知道自己到底是什么——

但是

转啊转，

接着转啊转，

围着小桌子转个不停——

就是托儿所里那张小桌子——

转啊转，

接着转啊转，

我一刻不停地转啊转。

我想我是一只小狗，

瞧！我正往外伸舌头呢。

我想我是一只骆驼，

正在寻找另一只骆驼，

另一只骆驼又在寻找一只在找他的骆驼宝宝的骆驼……

于是

转啊转，接着转啊转，

又是转啊转，又是转啊转，

接着转啊转，

我一刻不停地转啊转。

打喷嚏的罗宾

克里斯托弗·罗宾患上咳嗽了，

还在打喷嚏呢。

他们让他躺在自己的床上，

给他开了一些药，

对付他鼻子上的感冒，

还开了一些药，

对付他脑袋上的感冒。

他们猜测着会变成麻疹呢，

而打喷嚏会不会引起腮腺炎呢。

他们匆忙给他做胸部检查，

还有身体其他的部位是否肿胀，有没有长小胞胞。

他们请医生来，

对付喷嚏和咳嗽。

请医生来告诉他们，

应该做些什么。

不停地有知名医生赶来，

他们做笔记，

记录他咽喉的症状，

询问他是不是口干舌燥；

询问他哮喘的后面是不是紧跟着喷嚏，

还是，先打喷嚏后哮喘。

他们说："如果你招惹了喷嚏或咳嗽，
就很容易患上麻疹。
如果你避开咳嗽或者喷嚏，
麻疹就会远离你了。"

他们解释了打喷嚏的现象，
还有咳嗽、麻疹初期的症状。
他们说："如果他遇风着凉，
那么麻疹就会跑来。"

克里斯托弗·罗宾第二天早上起床时，
喷嚏已经远离他了。
他对着天空说：
"这下好了，
今天该怎么捉弄他们呢？"

宾克

我称呼他——宾克——这是我的小秘密，

宾克从来不会让我感到孤独。

在托儿所里玩耍，

在楼梯间闲坐，

无论我做什么，宾克总是陪伴着我。

噢！爸爸很有智慧，他知道很多事情！

妈妈从世界最开始的时候就是最好的妈妈。

保姆就是保姆，我称呼她楠——

但他们都看不到宾克。

宾克总是滔滔不绝地讲话，

因为我正在教他说话。

他有时候喜欢滑稽地

吱吱叫，

有时候又喜欢大声地

咆哮……

这时我就会替他高声大叫，

因为他的嗓子经常不舒服。

噢！爸爸很有智慧，他知道很多事情！

妈妈也知道那些众所周知的东西。

保姆就是保姆，我称呼她楠——

但他们都不知道宾克。

我们在公园里奔跑，宾克像雄狮那样勇敢。

我们在黑暗中躺着，宾克像猛虎那样勇敢。

宾克就像只大象。

他从来，从来不会轻易哭泣……

除非（向别人那样）肥皂泡跑进他的眼睛里。

噢！爸爸就是爸爸，大男人样的爸爸。

妈妈则是最慈爱的妈妈。

保姆就是保姆，我称呼她楠——

但他们都不喜欢宾克。

虽然宾克不贪心，

但他喜欢吃零食。

所以，

每当别人给我糖果的时候我会问：

"哦，宾克也想要一块糖果，

你能再给我一块吗？"

接着，我会替他吃掉糖果，

因为他的牙齿还没长齐。

噢，我很喜欢爸爸，

但他没时间陪我玩耍，

我也很喜欢妈妈，

但她偶尔也会丢下我不管，

我经常表现得很乖戾，

那是因为她总想给我打理头发……

但宾克就是宾克，

当然啦，

他总是在那里。

樱桃核

 修理师、裁缝，

 士兵、海员，

 农民、小偷——

富人、穷人，

当牧童好不好？

还有警察和狱卒，

火车司机或者是首长？

当投递员——或者是动物园的守门人好不好呢？

或者马戏团的看门人？

还是做一个耍杂技的人，

弹奏管风琴的音乐家，

或者是做个歌唱家？

当一个能从口袋里变出兔子的大魔术师？

当一个能制造出火箭的火箭专家？

哦，总有好多事情等着我去干，

有好多人可以去当！

还总有许许多多的樱桃挂在我的小樱桃树上呢！

从不挥剑的骑士

阿坡多所有的骑士里，

最厉害的就是托马斯·汤姆阁下了，

他能以一敌四，

也知道哪个数字减去九就可以得十一，

他还会给另外的骑士写信呢。

这里其他的骑士们，

都做不到他可以做到的事情。

他不仅熟知怎么磨剑，

还熟知一个骑士如何进行补救的方法，

也知道谁又一次开始舞刀弄剑。

如果他不经常参战，

那不意味着他不喜欢刀光剑影、战斗厮杀，

而是因为要是他那聪明精致的脑袋，

如果被弄得满是伤痕的话，

那可真是不大公平啦。

他的城堡坐落在山上，

白天，在天气晴朗的日子里，

他会在城堡的城垛上散步，

等着那些连游泳都不会的虾兵蟹将般的骑士

来护城河边向他挑战。

偶尔，

他会斗志昂扬地赶到平地上，

但是一看到有骑士走近，

又赶紧灰溜溜地跑回家，

或者藏匿起来直到敌人离开，

这时，他就吹起胜利的号角。

有一天，

当杰出的托马斯·汤姆骑士

在附近的壕沟里休息时，

他一直想要逃离的声响，

好像变得更小了……或者是更大了？

小跑的马匹，胜利的号角，

呼啸的刀剑，

盔甲的响声，

所有这些，

特别是最后这个，

他最近一周都是在摆弄吧。

但现在是一样的，

还是不一样的呢？

有些地方不一样，

但到底是什么地方呢？

托马斯竖起耳朵仔细聆听，

他听见了休骑士离开的声音，

突然，他明白了，

为什么这个陌生骑士

能发出比其他骑士更美妙的声音来。

托马斯骑士看着他走路的方式——

顿时气得说不出话来，

肯特骑士那些人瞧不起他很多年了，

一个从来不挥剑的骑士！

在这附近，

自己被看做是另一个勇气消失殆尽的骑士。

他飞快地来到马厩，

飞鞭策马。

唯一使他感到不安的不是

"他的剑是否锋利？"

"他的心脏有多结实？"

而是"他的开场戏会不会太长？"

休骑士正在哼唱着歌曲，

手扶着腰胯，

突然感到有人冲了过来。

他的歌哼了一半停下了，

轰隆一声响。

"打雷了吗？"他自顾自地说着。

结果被从马背上推倒下来。

接着，

杰出的托马斯骑士

一边优雅地下马，

一边友善地说：

"请允许我把你从那身沉重的盔甲中解脱出来。

有时候，连最优秀的骑士也会觉得自己的盔甲太重了。"

在距离休骑士挫败的地方一百码左右的距离，

托马斯骑士找到了一个有用的水塘，

他小心地不弄湿自己的脚丫，

把盔甲带到这里，

并把它扔了进去，

看着它慢慢地沉没。

从此以后，

越来越多的肯特人会自豪地提起

阿坡多的托马斯骑士——

那个"从不挥剑的骑士"

然而，那个竭尽全力的休骑士，

舞刀弄剑的水平和其他人一样差。

在金凤花开的日子里

安去哪儿了？

脑袋瓜露在金凤花上面，

行走在溪流边，

藏在金凤花丛里。

安去哪儿了？

和她的男孩一起散步，

迷失在梦里，

迷失在金凤花丛中。

她的棕色小脑袋里藏着什么啊？

好多妙不可言的想法。

她的结实的小拳头里藏着什么啊？

某个人的大拇指，

也许是克里斯托弗·罗宾的。

安去哪儿了？

和她的男孩在一起呢。

棕色的脑袋和金色的脑袋，

忽上忽下，出没在金凤花丛中。

烧炭工

烧炭工开始讲故事啦。

他住在森林里，

孤身一人。

他坐在森林里，

孤身一人。

太阳斜挂在树丛里，

小兔子跑过来向他道早安，

小兔子跑过来跟他打招呼：

"多么美好的清晨啊……"

月亮明朗朗地挂在夜里漆黑粗壮的大树上，

猫头鹰飞过向他说晚安，

安静地飞过，向他说晚安……

他坐下来细细地思考所有的事情，

他将和森林一起孤单地生活——

春天来了，夏天去了，

淌着秋露亲吻凤尾草和石楠花，

冬天银装素裹的森林里发生着点滴的事情……

所有看到的事情，

所有听到的事情。

鸟儿在四月晴朗的天空中欢唱……

哦，烧炭工开始讲故事啦，

他就住在森林里，

知道所有的一切。

我们俩

无论我在什么地方，

维尼阿噗都会陪伴在我左右，

他与我形影相随。

无论我想干什么，他都支持。

"今天你要去哪里？"维尼阿噗问，

"哦，这样好像不大对，

因为我肯定也会去了。

咱们会一起去的。"维尼阿噗说。

"咱们俩会一起去的吧。"维尼阿噗又说。

"十一的两倍是多少？"我问维尼阿噗。

"什么两倍？"维尼阿噗反问我。

"我觉得是二十二。"

"和我想的一样呢。"维尼阿噗说。

"数字的加法真不容易。但它本来就是这样的。"

他们俩说。

"就是这样的。"维尼阿噗说。

"我们一起来做找龙的游戏吧。"我问维尼阿噗说。

"没问题，一起啊！"维尼阿噗回应我说。

我们俩穿过小河，发现了——

"快看啊！那些都是龙呢。"维尼阿噗大喊着。

"我一看到它的钩嘴就知道呢！"他们俩说。

"那就是龙啊。"维尼阿噗说。

"我们来吓唬吓唬那些龙怎么样？"我问维尼阿噗说。

"好啊，没问题。"

"我一点都不害怕。"我朝维尼阿噗说。

"小声点！是又笨又老的龙。"我握着维尼阿噗的手说。

"又老又笨的龙。"

——接着他们就飞走了。

"我也不害怕。"他们俩都这样说。

"和你在一起我从来不害怕。"

看出来了吧，

无论我在什么地方，

维尼阿噗都会陪伴在我左右，

他和我形影相随。

"我想干什么呢？"我问维尼阿噗。

"也许对你来说还不够，"维尼阿噗说，

"对啊，

也许对一个人来说不够有意思，

但两个人的话就有意思多了。"

他们俩一起说。

"嗯，就是这样的。"

维尼阿噗说。

老水手

爷爷以前认识一个老水手，

他想做很多很多事情，

但每次他想要做的时候，

都会因为自己的状态而没有立刻开始。

他的轮船遇难了，

被困在荒岛上好几个星期了。

他想要一顶帽子和几条马裤。

他想要几张渔网，

还有一条线和一些鱼钩，

这样他就能钓一些你在书上见过的东西还有乌龟了。

紧接着，他记起了一样东西——

他想要一些水，一汪泉水。

他还想要和人聊天，

如果可能的话养一只山羊，

一些小鸡和绵羊。

接下来，因为天气的原因，

他想要一间带门的可以出入的小屋子，

最好有一把牢靠的锁，这样就可以把野蛮人挡在外面了。

他开始准备鱼钩，

马上要开始了，他决定先不去了，因为有太阳。

好了，他知道自己要什么了，

就是去找或者做一顶大大的遮阳帽。

他用树叶来做帽了，

但他突然觉得："我太渴了，却没有任何喝的，

所以我首先得去找一汪泉水。"

但是刚刚开始他又想起：

"天哪！噢，天哪！

明天这里还是没有人，我将多么孤独啊！"

于是，他在笔记本上记录到：

"我必须先找到一些小鸡。"

"不，或者得先找山羊。"

他刚才还看到一只山羊。

但他又想："但我首先得有一艘逃生船。

但有船就得有船帆，

那就得有针和线，

所以，

我现在最好先坐下来做一些针吧。"

他刚开始做针，就又突然想到如果这个岛上有野人，

他要是坐在自己的小屋里就会很安全了，

要不然他们很可能会突然飞进他的耳朵里呢！

于是，他就想着自己的小屋……

想着他的小船，还有帽子、马裤，

他的小鸡和山羊，

还有他的用来捕食的鱼钩，

用来解渴的山泉……

但是他就是不知道该先做什么才好。

就这样，他什么都没做，

只是把自己包在披肩里面，躺在大石头上晒太阳。

我觉得他很差劲——

他什么都没做，只是晒太阳，

直到被解救。

火车司机

下雨呢！

谁会在乎这些呢？

我那辆火车就在楼上呢，

我做了那个火车的刹车，

是用一根绳子做成的。

每当启动火车的时候都会抖动一下，

因为它曾掉进了泉水中。

它有一根线可以刹车，

车轮也可以停得那么快，

让人觉得它就是你用刹车做的一个东西，

而不仅仅是一根线。

好吧，这就是我在下雨天做的东西，

它是一个完美的刹车，

虽然它到现在还没有被用过呢。

旅行的终点

克里斯托弗·罗宾，克里斯托弗·罗宾——

你要去哪里，克里斯托弗·罗宾？

"我要爬到山顶，

一直爬，

直到我到达顶峰为止。"

克里斯多托弗夫·罗宾回答说。

克里斯托弗·罗宾，克里斯托弗·罗宾——

你要去哪里，克里斯托弗·罗宾？

那里没有美丽的风景，

你要何时才能到达山顶，

到达之后打算干什么呢？

"登顶后再爬下来，

爬回山脚下。"

克里斯托弗·罗宾回答说。

熊

假如我是一只熊，

一只健壮的熊，

我就会无所谓天是寒冷还是下雪。

我也不会在意天是会下雪还是会寒冷，

我一定穿着它那样的大衣，

里面满是皮毛。

因为我会拥有短毛靴子、棕色的毛围巾，

棕色的毛短裤和一项巨大的毛帽子。

我将用毛围巾围裹着我的下巴，

用毛手套罩上我的棕色大爪子。

那件超大的棕色毛外套则一直裹到我的脑袋瓜子上，

接下来，整个冬天我都会蜷缩在我的毛绒绒的大床上。

原谅

我有一只甲壳虫，

我管它叫披头士。

如果我管它叫亚历山大，

它的回应也一样。

我把它装进一个火柴盒里一整天，

但是保姆却把我的甲壳虫放了出来。

是的，保姆把我的甲壳虫放出来了——

她走上前把我的甲壳虫放了出来——

接着，披头士跑掉了。

她说自己不是故意的，我也从没说她是故意的。

她说她正在找火柴，就打开了那个火柴盒，

她说自己很抱歉，但是要抓住一只被误认为是火柴的

活蹦乱跳的甲壳虫真是很困难呢。

她说自己很抱歉，我也没有再计较，

还有很多很多的甲壳虫，

她相信我们能抓住。

我们在花园的洞里寻找着，

它们经常躲在那里——

还有，我们得再准备一个火柴盒，

在盒盖上写上"披头士"。

我们去了所有甲壳虫可能出现的地方，

我们模仿了甲壳虫喜欢听的声音，

我看到有动静就大喊：

"这里有一个甲壳虫的窝，甲壳虫亚历山大快出来了！"

我很肯定它就是亚历山大披头士，

它的面部表情暗示我肯定就是它，

它的面部表情暗示它想表达的意思是：

"我为自己的逃脱感到很抱歉，真是对不起了。"

保姆也为自己的失误感到抱歉，

这些你都是知道的。

她在盒子上大大地写上黑色的亚历山大。

此后，我和保姆成了好朋友，

因为要抓住一只被误认为是火柴的

活蹦乱跳的甲壳虫真是很困难呢。

皇帝的诗

秘鲁的国王做过一首有用的诗。

当陌生人靠近

他感到紧张时；

当他的手表坏了

却有人朝他询问时间时；

或者是他一不小心掉进水井，

滑冰时不小心摔倒，

还摔了个底朝天，

或者等到他的粥都凉了，

才有人来通知他用早餐——

等等诸如此类的事情发生时，

皇帝总要发一发脾气，

或者闷闷不乐一阵。

他会低声嘀咕着自己那首古怪的诗，

直至他心情好转。

八八六十四，

是七的倍数。

乘完了之后，

加上一，

再减掉十一。

九九八十一。

是三的倍数。

如果太多，

那就减去四，

这下就到喝茶的时间了。

当皇后来清理他的盔甲，

却忘记了给衣服上浆；

或者是在他五月生日那天天气糟糕，

像十一月那么潮湿，

或是像三月那么刮风；

或者是严肃地和智者、伟人一起就坐，

却在签名的时候打起了嗝；

或者是当他弯腰捡起地上的笔时，

皇冠却掉了下来，

而此时正巧皇后又咳嗽了一声。

噢，噢，皇帝会发脾气，

或者是当自己出了洋相而窘迫不已时，

他就会朝着天空朗诵自己那首古怪的诗，

直到他心情好点。

八八六十四，

是七的倍数。

乘完了之后，

加上一，

再减掉十一，

九九八十一。

是三的倍数。

如果太多，

那就减去四，

这下就到喝茶的时间了。

身着盔甲的骑士

如果我是一名光荣的骑士，

我就会紧紧扣好我的盔甲。

接下来我会去找点儿事情做，

例如进行外交活动，还有救援，

或者是跑到龙穴里拯救生命，

和那里所有的龙进行战斗。

有时候刚刚开始战斗，

我就觉得龙会取得胜利，

但是我又想也许我不会这么做，

因为它们是龙，但我不是。

59

跟我一起出去吧

阳光静静地洒在河流里，洒在山岗上……

如果你安静地聆听的话，

你会听到大海的声音。

转角农场有八只小狗——

我还看到一个断臂的老水手。

每个人都说：

"一起往前奔跑吧。跑吧，跑吧。"

所有人都会说：

"一起往前奔跑吧！我会拼尽全力向前跑。"

每个人都说："一起往前奔跑吧，那里有一个小宝贝呢。"

如果我就是一个小宝贝，

他们为什么不和我一起奔跑呢？

微风吹在河流里，吹在山岗上……

磨坊下面就是一个作废的水车。

我看到一只刚刚溺死的蝴蝶——

我还知道兔子从哪里钻出来。

每个人都说：

"一起往前奔跑吧。跑吧，跑吧。"

所有人都会说：

"一起往前奔跑吧！我会拼尽全力向前跑。"

每个人都说："一起往前奔跑吧，那里有一个小宝贝呢。"

如果我就是一个小宝贝，

他们为什么不来看看我呢？

池塘之下

别出声，我在钓鱼呢，

谁都别过来！

你难道不知道鱼能听到声音吗？

它觉得我正在玩一根长线，

我却觉得我正在玩另一种有趣的东西，

但是它却不知道我在钓鱼——

它不知道我在钓鱼。

我却正在钓鱼——

就是这样子。

不，不是这样的，我正在抓蝾螈。

别咳嗽，谁都别过来！

任何小声音都会吓走蝾螈的。

它觉得我是一丛灌木，或者是一棵新树。

它觉得是别人，它不知道是我，

不知道我正在抓蝾螈——

是的，它不知道我在抓蝾螈。

我却正在抓蝾螈——

就是这样子。

小黑母鸡

浆果人和巴克斯特，

俊美男孩和佩恩，

还有老农夫米德尔顿，

这五个强壮的人，

他们都在追赶一只小黑母鸡。

它飞快地跑，

他们匆匆地追赶。

巴克斯特跑在最前面，

浆果人跑在最后。

我坐在老橡树旁看着它，

它穿过篱笆咯咯叫着跑了过来。

小黑母鸡说：

"哦，你好啊，是你呀！"

"谢谢你，你好啊！

能告诉我他们为什么追赶你吗？"我说。

小黑母鸡回答说：

"他们想要我下个蛋给他们做茶点。

他们如果是皇帝，

他们如果是国王，

我根本就来不及为他们下蛋。"

"我不是国王，

也没有皇冠。

我会爬树，

但是会摔下来。

我能闭着一只眼从一数到十，

所以，请你为我下一个蛋吧，小黑母鸡。"

小黑母鸡说：

"如果我在复活节那天为你下了一个蛋，

你会给我什么呢？”

"我只能给你一个'请'外加一个'您好！'
我可以让你看动物园里的熊，
我还会给你看我腿上的的麻疹，
如果你给我下一个大大的复活节鸡蛋的话。”

这只小黑母鸡说：
"我不在乎'你好'，
和那只棕色的大熊，

但是我会为你下一个复活节鸡蛋，
如果你给我看你腿上的麻疹。"

我让它看了我腿上疼痛的地方。
它用自己黑色的翅膀轻抚了一下。
"你如果数到十的话，麻疹就不会疼了。
现在我要准备下蛋了。"
小小黑母鸡说道。

复活节那天，当我醒过来的时候，
我就会看到我的复活节鸡蛋。
如果我是一个皇帝，如果我是一个国王，
那真是太好的事了。

浆果人和巴克斯特，

俊美男孩和佩恩，

还有老农夫米德尔顿，

这五个强壮的人，

他们都想要一个鸡蛋当茶点，

但是小黑母鸡太忙了，

这只小黑母鸡太忙了，

这只小黑母鸡太忙了……

它在忙着给我下蛋呢！

朋友

有许多人总是不停地问问题，

例如日期、英镑和盎司，

还有一些古怪的国王的名字。

答案嘛，

要么是六便士，

要么是一百英尺。

我知道，只要我答错一个，

他们就会认为我很笨。

于是，我和维尼阿噗窃窃私语，

我觉得维尼阿噗非常聪明，

就说："这个嘛，我认为是六便士，

但我不能确定我的回答是否正确。"

重要的不是答案，

因为要是他对，我就算对啦。

如果他错了，就不算是我错啦。

一个乖女孩

这可真是好笑，

他们经常问我：

　"简，你是一个乖女孩吗？"

　"你是一个乖女孩吗？"

他们问了一次又一次：

　"你是一个乖女孩吗？"

　"你是一个乖女孩吗？"

我参加派对，

我出门喝茶，

我待在海边姨妈家一个星期，

我从学校回到家里，

或者玩游戏，

无论我从哪里归来，都是一样的问题：

　"怎么样？"

　"简，你是一个乖女孩吗？"

每个美妙的一天结束后总会有人问：

"你是一个乖女孩吗？"

"你是一个乖女孩吗？"

就算我去了动物园，他们也会等着问：

"你是一个乖女孩吗？"

"你是一个乖女孩吗？"

行了，你们是好奇我干了什么吗？

我在动物园为什么不乖呢？

如果我不乖，我会告诉你们吗？

所以，这就是爸爸妈妈的古怪之处，

他们总是不停地问，

以为这样我就会乖。

"怎么样？"

"简，你是一个乖女孩吗？"

一个主意

如果我是约翰，约翰是我，

那么他就是六岁，我就是三岁。

如果约翰是我，我是约翰，

那么我就不会穿上那些裤子啦。

希拉里国王和乞丐

圣诞节时他们讲了一个故事，

关于伟大而仁慈的国王希拉里。

我觉得这个故事如果调整得当，

将会更加朗朗上口。

我尽自己最大的努力，

希望有人更才华横溢。

仁慈的国王希拉里嘱咐大臣总理

（高傲的威洛比勋爵，也就是上议院议长）：

"快点跑到三柱门那里去，

快点，快点，

看看是谁在敲门，

也许是位富商，

出生在海边，来自阿拉比，

为我带来了无数的珍宝。

也可能是位穷人，

为我带来了橘子，

打算放进我的袜子里。"

高傲的上议院议长威洛比勋爵，

肆无忌惮地大声笑着：

"尊敬的陛下，

我愿为您效犬马之劳。

从您登基至今，

我就不断地走来走去，

但是，我从来不跑，从不，从不。"

仁慈的国王希拉里嘱咐大臣总理

（高傲的威洛比勋爵，也就是上议院议长）：

"快点走到三柱门那里去，

快点，快点，

看看是谁在敲门，

也许是位船长，

留着络腮胡子，长着鹰钩鼻子，

为我带来了金粉、香料和檀木。

也可能是位厨娘，

无忧无虑地吹着口哨，

打算把糖果放进我的袜子里。

高傲的上议院议长威洛比勋爵，

肆无忌惮地大声笑着：

"尊敬的陛下，

我从四岁起就开始为这个官殿效犬马之劳。

我也将继续为您效力，

我会打开一扇窗户，

但我不会去打开一扇门，从不，从不。"

仁慈的国王希拉里嘱咐大臣总理

（高傲的威洛比勋爵，也就是上议院议长）：

"去把窗子打开，

快点，快点，

看看是谁在敲门，

也许是位女仆，

脸颊红润，带着酒窝，

被她的小姐指派过来，向我问好。

也可能是群孩子，

迫不及待，在悄声低语着，

打算把坚果装进我的袜子里。

高傲的上议院议长威洛比勋爵，

肆无忌惮地大声笑着：

"尊敬的陛下，

我会一直为您效力直至终老，

但作为一个上议院议长，

我不会从格子里偷看这件不光彩的事情，从不，从不。"

仁慈的国王希拉里看了一眼自己的大臣总理

（高傲的威洛比勋爵，也就是上议院议长），

对他一言不发，

自己跑到三柱门那里看是谁在敲门。

不是阿拉比的富商，

不是饱经风霜的络腮胡船长，

不是小姐派来的女仆，

而是一个拿着红袜子的乞丐。

仁慈的国王希拉里看了看这个乞丐，

朝他高兴地笑起来。

他把这个乞丐转过来转过去，说：

"你肌肉发达，

四肢有力，

来吧，把这位大臣总理扔出去，

你来接替他的位置。"

老夫人在圣诞节经常讲述希拉里——

这位伟大而又仁慈的国王的故事。

这个故事告诉我们两个道理。

"第一，

无论你如何尊贵富有，

也不能不干事。"

（当然，尤其是给国王效力的人）

"第二，

哪怕是一个穿着红袜子乞讨的人，

也有可能成为大臣总理。"

荡秋千

我跳上秋千，

荡到最高处。

我是这块土地的国王，

这个镇子的国王。

我是整个地球的国王，

天空的国王。

我坐在秋千上努力地往上荡，

现在又要往下荡。

解释

伊丽莎白·安问她的保姆楠说：

"你能告诉我上帝是怎么来的吗？

一定有人创造了他，那么这个人是谁呢？

我很想知道啊。"

奶妈说："这是怎么了？"

保姆说："这是怎么了？"

"我知道你知道，你赶紧告诉我吧。"

奶妈取下别针说：

"好啦好啦，亲爱的，到睡觉时间啦。"

伊丽莎白·安有了一个完美的计划，

她打算跑遍全世界找到一个知道上帝是怎么来的人。

她早早起床，穿好衣服，

跑出去寻找那个重要的人。

她跑到了伦敦，敲了敲门，

这扇门属于杜朗穆大臣的四轮马车。

"先生，请问上帝到底是怎么来的呢？"

杜朗穆大臣正躺在床上，

他的马车夫通过红色窗子探出头来，

笑着说：

"你脑袋里都是些什么稀奇古怪的东西啊？"

伊丽莎白·安又回到家，

她拿出布娃娃奥斯曼·珍妮弗·简。

"珍妮弗，你能告诉我上帝是怎么来的吗？"

伊丽莎白·安问道。

简不大想说话，

和以往一样支吾了一声算是回答。

"这是什么意思呢？

这个嘛，坦白地说，我也不知道。"

但伊拉莎白·安却明白了。

她轻声说：

"这样啊，谢谢你，珍妮弗，现在我明白了。"

两倍

森林里住着两只小熊，

一只是乖乖熊，一只是淘气熊。

乖乖熊会学习二乘以一，

但是淘气熊总不喜欢扣扣子。

天热的时候它们住在同一棵树上，

一只是乖乖熊，一只是淘气熊。

乖乖熊会学习二乘以二，

但是淘气熊却把自己的东西弄成破烂。

天冷的时候它们住在同一个山洞里，

乖乖熊按照大人的要求做事情，

淘气熊不按大人的要求做事情。

乖乖熊会学习二乘以三，

但是淘气熊却从来不带上自己的手绢。

它们和一位熊阿姨住在森林里，

一个总是说"可以"，一个总是说"不行"。

乖乖熊会学习二乘以四，

但是淘气熊却总是把自己的手绢弄成破烂。

突然之间，

一只熊越来越优秀，一只熊越来越糟糕。

乖乖熊忙着算二乘以三是多少的时候，

淘气熊却捂着手绢咳嗽。

乖乖熊忙着算二的两倍是多少的时候，

淘气熊的东西还像新的一样。

乖乖熊忙着算二乘以一的时候，

淘气熊还从不扣扣子。

这里也许有哲理存在，

或许有人说没有。

我认为这里有哲理，虽然我不知道是什么。

这两只熊就像我们，

因为克里斯托弗·罗宾会算二乘以十……

但我却总是忘记我的钢笔放在哪里啦。

早上的散步

每当我和安出去散步时，

我们都牵着彼此的手聊天，

假设我们都四十二岁了，

那时我们会有什么打算。

随后，我们会想起一件事——

比如保龄球、自行车还有篮球，

或者从安的气球上掉下来，

嗯，我们下午就来玩。

摇篮曲

哦，蒂莫西·蒂姆有十个粉红的小脚丫，

十个粉红的小脚丫属于蒂莫西·蒂姆。

它们和他一起走，

无论他要去哪里，

无论他要去哪里，

它们都和他一起走。

哦，蒂莫西·蒂姆有两只蓝眼睛，

两只蓝眼睛属于蒂莫西·蒂姆。

它们和他一起哭，

无论他要什么时候哭，

无论他要什么时候哭，

它们都和他一起哭。

哦，蒂莫西·蒂姆有一个红色的圆脑袋，

一个红色的圆脑袋属于蒂莫西·蒂姆。

它和他一起上床睡觉，

美美地睡吧，

蒂莫西·蒂姆的红色圆脑袋。

现在我们六岁了

窗边的等待

我有两滴小雨水，
它们等在玻璃窗上。

我在这里等着看，
哪一滴雨水最终赢。

它们的名字不一样，
一个叫约翰，
另一个叫詹姆斯。

最好的结果和最坏的结果，
就是它们到底谁第一。

詹姆斯开始往下滑，
我就是希望它输。

约翰也准备开始了，
我就是希望它赢。

詹姆斯慢慢地往下滑，

约翰却好像被东西卡住了。

约翰终于开动了，

但詹姆斯跑得真快啊。

约翰冲下了玻璃窗，

詹姆斯减慢了速度。

詹姆斯碰到了一个污点，

约翰就要赶上了。

它够快吗？

（詹姆斯碰到一点灰尘）

约翰迅速地从詹姆斯旁边滑过。

（詹姆斯在和一只蚊子说话呢）

约翰先到了，约翰赢了。

你瞧瞧，我告诉过你吧，太阳就要出来啦。

拼可·普尔

塔图是拼可·普尔的妈妈，

拼可·普尔是一只没长毛也看不清脚丫子的小猫咪。

时间一点一点过去，它终于睁开眼睛了。

它看到了自己大块头的妈妈塔图。

拼可·普尔经常说："我得问问我的妈妈。"

塔图是拼可·普尔的妈妈，

拼可·普尔是一只满身绒毛的小猫咪。

又黑又小的它一天天长大，

直到和妈妈塔图一样大。

它做任何事情妈妈都陪伴着它。

拼可·普尔说："我和妈妈是形影不离的好伙伴。"

塔图是拼可·普尔的妈妈，

拼可·普尔是一直穿着皮毛大衣的爱冒险的猫。

每当它想做什么事情，

它都不愿意叫上妈妈塔图，

因为它知道这已经和妈妈没关系了，

拼可·普尔说："再见了，妈妈。"

塔图是拼可·普尔的妈妈，

拼可·普尔像一只长满黑色长毛的巨大美洲豹。

一只刚出生的棕色小猫咪

正在和它的大塔图玩耍，

拼可·普尔懒洋洋地望着它说：

"亲爱的小猫咪啊。"

山间的风

无人告诉我，

也没人知道，

风从哪里来，

又要去往何处。

它从某处飞来，步履匆忙，

就算我努力奔跑也赶不上它的脚步。

但是只要我一松开手中的风筝线，

它就会迎风飞扬，

不分白天和黑夜。

当我再次找到它时，

无论它被吹落在哪里，

我都知道，

风曾经到过那里……

所以，我能告诉你风到哪里去了，

但它从哪里来却无人知晓。

遗忘

托儿所的园长和老师们全都焦急等待着，

他们五个站在高高的墙上，

四个站在矮墙上。

大小国王们，

棕色熊和黑色熊们，

所有的人，

都在等着约翰的归来。

有的人觉得小淘气约翰迷失在了树林里，

有的人说他可能迷路，

有的人说他不可能迷路。

有的人觉得小淘气约翰藏进了山洞里，

有的人说他会回来，

有的人说他不会回来。

太阳升起的时候，

约翰出走了。

所有人已经在这里等待了一整天。

大熊和小熊们，

黑白国王们，

所有的人，

都在等着约翰的归来。

托儿所的园长和老师们朝山下看去，

有的人看到了羊圈，

有的人看到了磨坊，

有的人看到了屋顶——

灰色小城中的屋顶……

他们的身影变得长长的，

太阳都要下山了。

白杨树金光闪烁，

月亮初现。

漫天的星光闪闪，

一轮明月挂上天际。

月色星光中，

大地渐渐地入睡。

托儿所的园长和老师们，
仍旧在等待着……

他们听到羊圈里的小羊咩咩的叫声，
一只小鸟叽叽喳喳地叫了几声，
又埋头睡着了。
接着，一阵微风发出了呼噜声，
但接着又沉默了。

慢慢地，慢慢地，
新的一天开始了……
小淘气约翰去哪里了？
没人知道。
有的人觉得小淘气约翰在山里迷路了，
有的人说他不会回来了，
有的人说他还会回来。

小淘气约翰到底出什么事了？

什么事也没发生，

他玩跳绳、打球。

他追赶蓝色和红色的蝴蝶。

他干了一百件快乐的事情——

然后就睡觉了。

黑暗中

我吃完了晚饭，

我吃完了晚饭，

我把晚饭全部都吃光了。

我听了一个故事，

讲述的是灰姑娘的故事，

讲她是怎么去舞会的。

我刷了牙，

做了祷告，

我梳洗好讲完了祷告词，

他们都亲吻了我，

和我说了"晚安"。

接下来——

我独自一人呆在黑暗中，

没人能看到我。

我独自一人想问题，

我独自一人玩耍，

没人知道我对自己说些什么。

我独自一人呆在黑暗中，

接下来会发生什么事呢？

我想所有我喜欢想的，

我玩所有我喜欢玩的，

我笑所有我喜欢笑的，

没有别人，只有我自己。

我和一只小兔子聊天……

我和太阳搭话……

我在想我是不是一百岁了？

我一岁啦。

我正躺在森林里，

躺在山洞里，

我非常勇敢地和一条龙对话……

我朝右侧躺着身子……

我朝左侧躺着身子……

明天，我将尽情地玩耍……

明天，我将尽情地畅想……

明天，我将尽情地欢笑……

晚安啦。

结尾

当我一岁的时候，

我所有的一切才都刚刚开始。

当我两岁的时候，

我还是崭新的。

当我三岁的时候，

我几乎变得不再是我。

当我四岁的时候，

我更加不像我了。

当我五岁的时候，

我是那么的朝气蓬勃。

现在，我六岁了，

我就是聪明的代名词。

所以，我觉得我现在、以后、永远都是六岁。